奇想三十六計③

金蟬脫殼逆轉勝

文—岑澎維　圖—茜 Cian

目錄

作者的話

三十六奇計的智慧與自信

◎文──岑澎維

還記得第一次讀孔明運用空城計嗎？十五萬大軍踏得塵土沖天，往西城蜂擁而來之際，孔明身邊別無大將，城中僅有一班文官與二千五百名士兵，令人忍不住為他捏把冷汗的時候，我們知道，諸葛先生一定有辦法！

這就是三十六計的神奇，一個計策翻轉結局。因此，著手寫這一系列故事的時候，最先浮現腦海的，就是三十六計的玄妙入神，而有最初的《調虎離山神救援》。

當然，計策的運用牽連到許多因素，天時、地利、人和缺一不可，隊友的協助更是重點，但有時候幫了倒忙反而增添麻煩，《隔岸觀火扯後腿》便是在這樣的情況下產生。

強勁的對手增加計謀的難度，但是若能贏過一位實力堅強的神對手，不也是得勝之師的最高榮耀嗎？如果贏不了，就只能像司馬懿在得知真相之後，仰天長嘆一聲：「吾不如孔明也！」因此寫下《金蟬脫殼逆轉勝》。

處處驚險但步步為營，輕風徐來，坐在樹下讀一本《三十六計》，遙想當年兵臨城下的緊急，我們看到絕處逢生的神妙，這一場戰地奇蹟，彷彿陽光穿透，在圍籬上開出的一朵小花，值得我們靜靜欣賞。

在經營這一系列故事的時候，我想起十年前在雲林縣東榮國小的一次作家有約，在圖推高進榮老師編輯的回饋畫冊裡，赫然出現「不難找國小」這個有趣的校名與「難不倒校長」，讓我看了便忍不住想要為它寫個故事。

在故事想像的階段，這所趣味十足的國小，便從我的腦海中蹦出，我想起當時的允諾：如果我以「不難找國小」為根據地，拓展出故事，我將回饋給東榮國小的孩子，每人一本這系列的書。

如今，這個故事已然完成，再次取得高老師的同意，很開心他給了這個故事一個精采的起點，大方迎接這群對三十六計有興趣的孩子進駐，在裡面以闖關的方式，操演三十六計。

計策是供人運用的，故事中的藍步島老師以闖關的方式，讓學生練習運用，希望透過這個方式，讓孩子們對三十六計有初步認識。

老祖先的智慧在歷史長河中，激盪出美麗浪花，何妨試著將三十六計運用在生活之中，它看似高深，然而，在需要使用的時機，恰當的計策也真的是，不難找啊！

不難找國小

人物介紹

藍步島老師

剛加入不難找國小的熱血老師，有一點冒冒失失，但也誤打誤撞的找到了其實很難找到的「不難找國小」。作為六年級奇謀詐計班的導師，有滿滿的熱忱和好學精神，看起來真的什麼都「難不倒」他。

林明輝

綽號「阿輝」，長得高又壯，是不難找國小裡的小霸王，一年級剛入學就和高年級學長打架，轟動全校。擅長闖禍，無聊時也會欺負低年級的學生或是以捉弄班上同學為樂，整天都跟好朋友「鐵倫」黏在一起，讓父母、老師都很頭痛。

陳聿倫

外號「鐵倫」，熱愛運動，特別喜愛打籃球。身材又高又瘦，因為長時間運動的關係，皮膚曬得黑黑的，和林明輝是死黨。

黃孟凡

外號「亮亮」，因為從小是諸葛亮的超級粉絲，恨不得把自己的名字改成「黃亮亮」。聰明認真，是師長們心目中品學兼優的好學生，也是第一個挑選奇謀詐計作為主題課程的六年級學生。

楊若欣

是班上的風紀股長。觀察入微，能從蛛絲馬跡中找到真相。同時擁有一手好廚藝，曾在五年級的全校烹飪比賽中奪得冠軍。

林愛佳

奇謀詐計班的班長，當班上同學有糾紛或者難題時，愛佳總是會沉穩的協調，必要時也願意犧牲小我，為班級爭取更好的榮譽。在美術方面頗有天分。

康宥成

個性憨厚又有些膽小怕事，有時候也有點迷糊，老是丟三落四，常被阿輝針對甚至霸凌。為了自保，只好找上聰明的亮亮作為護身符。

三十六計基本介紹

三十六計是一本古書嗎？

「三十六計」指的是三十六條計策，到目前為止，還沒有證據顯示，這些計策在古代已經成書。

最早是何時出現的？

「三十六計」這個名詞，最早的紀錄出現於《南齊書》中的〈王敬則傳〉：「檀公三十六策，走是上計。」

這句話是說：

「檀公雖然謀略多，但在現實難以挽回，別無良策的情況下，全身而退就是最好的計策。」

檀公是南朝劉宋時期的開國名將檀道濟。檀道濟百戰沙場，儘管他智勇雙全、戰功彪炳，然而也曾發生過大敵當前，為了把犧牲降到最低，而冒險突圍的境地。

原文的「三十六策」是指「計策很多」的意思，「三十六」是虛數，代表「很多」的意思，當時還未出現三十六條計策。

如何形成現在的三十六條計策？

「三十六策，走是上計」後來演變為「三十六計，走為上策」。這句話成為流傳民間的俗語，老幼皆知。但人們不明白三十六計究竟是什麼，於是有人為了附會這句俗語，便從歷史上的軍事謀略、經典事例，及古代兵書中尋找例子，實際湊成了三十六條計策。

於是，「三十六」從原本的虛數化為實數，後來的人又加以注解、說明、舉例，就成了我們現在熟知的三十六計，以及許許多多的《三十六計》書籍。

三十六計的內容有哪些？

這三十六條計策分別是：

瞞天過海、圍魏救趙、借刀殺人、以逸待勞、趁火打劫、聲東擊西、無中生有、暗度陳倉、隔岸觀火、笑裡藏刀、李代桃僵、順手牽羊、打草驚蛇、借屍還魂、調虎離山、欲擒故縱、拋磚引玉、擒賊擒王、釜底抽薪、渾水摸魚、金蟬脫殼、關門捉賊、遠交近攻、假道伐虢、偷梁換柱、指桑罵槐、假痴不癲、上屋抽梯、樹上開花、反客為主、美人計、空城計、反間計、苦肉計、空城計、走為上策。

三十六計有什麼用途？

三十六計不僅能運用在軍事上，在比賽、商場、人際關係上也處處可見；我們了解三十六計，才知道自己可以怎麼做、別人可能會怎麼做，畢竟，知己知彼，才能你攻我守，做好預防和應變！

序章
新學期奇招盡出

上學期初，藍步島老師加入了不難找國小，他帶領著奇謀詐計班的六位同學，一起研究老祖宗的智慧——《三十六計》。

在不難找國小就讀的最後一年，學校開設了六個特別的課程主題，分別是桌遊班、植物栽培班、烹飪班、烘焙班、籃球班和奇謀詐計班，六年級的學生們可以依照自己的興趣，選擇一個主題班級就讀。

簡稱「奇計班」的奇謀詐計班，在藍步島老師的指導之下，每個孩子都經常把《三十六計》拿出來研讀，看看古人用計是多麼精妙。老師不僅把三十六計融入國語、數學等學科領域，更帶領六位弟子，把三十六計運用在日常生活中。

你們寒假有去哪裡玩嗎？
三十六計
我哪裡都沒去，都在研究《三國演義》和《三十六計》。
亮亮，你真的是諸葛亮的死忠粉絲耶！
當然啊，所以我才會第一個選奇計班。
話說回來，明明就有籃球班可以選，為什麼他們兩個會選奇計班啊？
哈哈
哈
那是因為我們本來籃球就很強了，沒必要再花一年精進啊！
就是說啊，而且我現在發現，學會用計也挺不賴的。
你都用來逃避寫作業吧！

六年6班
早啊康宥成，你在算積分嗎？
對啊，我到目前為止只用了三計，這學期該好好加油了！
噹——噹——噹——
相信大家都很熟悉三十六計了，只要有用計，交上便利貼心得，就可以獲得積分。
在畢業前積分未達八十五的同學，畢業證書上就會少一項技能喔！
在新學期一開始，我們先回顧一下各位用過的計策和積分吧！

首先是鐵倫，本班的大黑馬，一個人用了七計，真是不簡單啊！
陳聿倫
圍魏救趙
假痴不癲
借刀殺人
暗度陳倉
釜底抽薪
遠交近攻
假道伐虢
98分
冠軍
大鍋菜隊
1
雖然我在烹飪大賽時用計反而扯了後腿，但也讓我更懂得這些計策的運用時機。
接下來，亮亮、若欣和阿輝目前不相上下，都用了四計。
黃孟凡
笑裡藏刀
拋磚引玉
擒賊擒王
反客為主
90分
楊若欣
調虎離山
指桑罵槐
美人計
渾水摸魚
90分
林明輝
苦肉計
隔岸觀火
瞞天過海
偷梁換柱
90分
雖然不是我的本意，但是不小心反客為主了，對愛佳有點不好意思。
沒關係啦，你的手工書確實比我的優秀啊，還獲得了優選呢！

我上次精心設計，用了瞞天過海反而被媽媽臭罵一頓，事後還要補寫好多作業。
……確實不該欺騙媽媽跟老師啊。
上次慫恿鐵倫用計告白，卻不小心害他跟阿輝吵架了，真抱歉！
不過你之前用美人計救過我們，扯平！
宥成和愛佳目前使用的計策最少，要再接再厲嘍！
康宥成
打草驚蛇
欲擒故縱
借屍還魂
85分
林愛佳
反間計
李代桃僵
80分

作文
英語朗讀
寫字
國語朗讀
字音字形
上回用的李代桃僵雖然是個好計策，只可惜比賽結果不如預期。這學期我要更努力用計了。
班長真是用心良苦，我跟亮亮都會幫你的！
上次作文比賽用計失敗，接下來我要更努力用計，戰勝神對手。
懊悔
失望
哈哈！你應該先學著用計自保吧，上次還被我換掉圖書館的志工。
你只是想藉機去吹冷氣吧！而且康宥成最後還是被圖書館阿姨換回去啦！

經過一個學期，奇計班的孩子們對於何時用計，以及該如何用計，果然更加熟練了。

新學期開始，春季的躲避飛盤比賽即將開打，快來看看奇計班會如何用計逆轉勝？除了學會用計，身為六年級，大家也越來越能抓準老師的節奏，看看鐵倫如何跟捉摸不定的玫瑰老師和平共處？還有令人又愛又怕的畢業旅行，預告著小學生涯的結束。在畢業之前，奇計班還會使出哪些奇招？誰又會是最後的奇計積分冠軍呢？讓我們拭目以待！

1 以逸待勞，逆轉情勢

春天的躲避飛盤比賽開始了，經過半個月的廝殺，奇計班一路過關斬將，奇蹟似的擊敗了烘焙班和桌遊班，進入一決勝負的殿堂。

籃球班也在戰勝植物栽培班及烹飪班後，進入冠、亞軍之戰，準備和奇計班一較高下。

「贏過他們，我們就能直接登上冠軍寶座！」阿輝對這一戰充滿了信心。

但鐵倫可不這麼想，他猶豫的說：

「別忘了，他們是籃球班，每天有三分之一的時間在球場上，一顆球有幾條神經，他們一清二楚。」

「但這是飛盤，跟球不一樣！」阿輝反駁。

然而，鐵倫總覺得這一仗是贏不了的。

藍步島老師也對大家信心喊話：

「別忘了，歷史上以少勝多的戰役不少，實力強大卻吞敗仗的例子比比皆是。想想看，人家為什麼會贏，為什麼會輸？」

老師的話，雖然讓大家增添了一點自信，但大家心裡都有數：

這是一場硬仗。

只靠計策，就能贏過實力堅強的籃球班嗎？飛盤靠的是準確度，擲出的力道也是重點，有什麼辦法能快速讓班上的實力倍增？

一時之間，全班都在埋首研究三十六計，想看看有什麼奇計，可以產生奇蹟。

藍步島老師可是第一次看見大家這麼認真、這麼團結，一起研究計策，防禦強敵。

「靠我們的實力就夠啦！」這是阿輝的想法。

藍步島老師忍不住提醒大家：

「想想看，有哪一個計策能讓對手疲於奔命，又能讓自己的隊友輕鬆獲勝？」

「哪有這麼好的計策？如果有，我每天都要用。」阿輝也在想計策，但他想不出來。

亮亮從老師的話裡，隱約看見一道曙光，她閉上眼睛，隨著那道光仔細玩味。三十六個計策在她的腦子裡，像撲克牌一樣迅速洗牌。突然，一個計策從三十六張紙牌裡彈了出來。

是的，老師說的這條計策就是「以逸待勞」！

亮亮陷入深思，她在心裡模擬躲避球場的狀況，這條計策在場上要怎麼運用呢？

「先不發動攻擊，只要穩定的傳接飛盤；等對手感到疲累了，再一鼓作氣，平飛連殺。」

這個辦法看起來有點蠢，但如果能將傳送的力道和技巧練得扎實，還是可以試一試的。

於是，大夥兒按照亮亮的計畫，讓鐵倫在外場，阿輝在內場，一旦內場奪下飛盤的控制權，鐵倫和阿輝兩個人便裡應外合，前兩分半鐘先不打人，只需互傳飛盤，讓待在內場的籃球班同學疲於奔命。等他們筋疲力竭之後，再用剩餘的兩分半鐘攻擊對手。

這個計謀看起來十分完美，藍步島老師也微笑著聽完，他的評語只有：

「勝敗乃兵家常事，不要太在意輸贏，要在意的是從這個過程中，你們學到了什麼？」

不過，沒有人細心體會老師的話，因為大家只想要「贏」，而且相信用計就會贏！

很快的，冠亞軍之戰的日子來臨了。這是初春一貫的天氣，天色陰沉沉的，不怎麼明朗，寒氣之中還飄著若有似無的雨絲。

「這種天氣最適合運動了！」

藍步島老師難得充當一回體育老師，因為大匡老師要擔任裁判。大家做好暖身，就等著比賽開始。藍步島老師看得出來，鐵倫和阿輝身上都籠罩著強大的壓力。

「有壓力才會產生抵抗力！」

老師說得沒錯，但是接下來的場面，就不是奇計班預想好的畫面了。

說好了「互傳飛盤」、說好了「讓對手疲於奔命」的計策，可惜因為飛盤早早就被對手控制住，完全無法施展。

沒有學過奇謀詐計的籃球班，竟能把「以逸待勞」的計策，施展得淋漓盡致。

起初，籃球班並沒有要攻擊，場外的陳定志和場內的「季哥」謝季祥互傳飛盤。飛盤在他們手上，就像戰鬥陀螺一樣，快速且帶勁的直達對方手上，又狠又準又快！

奇計班無人敢接，只能在場內拚命躲閃，阿輝幾度想攔截飛盤，但考量到自己如果不小心被擊中，內場就沒有人能跟鐵倫呼應傳接，只好作罷。

鐵倫在場外看得焦急，恨不得進場奪下飛盤，跟籃球班一決勝負。藍步島老師也看得出來，籃球班的實力不容小覷，就看奇計班這邊誰能奪下飛盤的控制權，才有機會反攻了。

奇計班該如何找到籃球班的突破口，逆轉情勢呢？

就在這個時候，康宥成挺身而出，他不閃躲了，勉強接下迎面而來的飛盤，但是力量太強，他沒有接住，飛盤掉了下來。這是康宥成的犧牲打，大家都看得出來，機會來了，阿輝終於可以施展計策了！

我接！
哎呀!!
OUT
讚啦康宥成！接下來就讓你們見識「以逸待勞」的厲害！
OUT
OUT
夠了，看我扭轉奇蹟！
謝季祥
奇計班
2
籃球班
1
嗶
亮亮，只剩一分鐘，再撐一下！
沒問題，你也躲好。
哼！看你們還能撐多久！
哇啊我們贏了！
計策運用得當，贏得漂亮！

黃孟凡便利貼

籃球班果真是厲害的神對手，本想用「以逸待勞」輕鬆勝過他們，真是小看他們了！很感謝康宥成的犧牲，如果不這樣，我們也沒有辦法逆轉勝啊！

戰勝指數 ★★★★☆

奇計積分 黃孟凡95分

以逸待勞

戰國晚期，秦王召集群臣，打算滅了楚國。老臣王翦認為，需要六十萬大軍才夠，而少年將軍李信則認為只要二十萬名士兵，便足以破楚。

秦王決定以李信、蒙恬為將，率二十萬大軍南下伐楚，王翦因此稱病辭官，回到故里。

起初秦軍攻無不克，銳不可當。但是後來中計，腹背受敵，只能停止進攻，狼狽敗逃。

秦軍大敗，秦王只能親自出馬，請回告老還鄉的王翦擔任主將。

王翦率領六十萬軍隊來到邊境，但他只固守城郭，讓士兵休息調養，完全沒有進攻的意圖。楚軍一心想與秦軍一決生死，但王翦仍然只讓士兵養精蓄銳，絲毫不打算出兵。

一年之後，秦軍個個身強體壯，也訓練出一身好武藝；楚軍卻在漫長的等待中，鬆懈了鬥志。

就在楚軍按捺不住，打算遷移防線的時候，王翦下令秦兵進攻，追擊正在遷移的楚軍。氣勢旺盛的秦軍個個奮勇向前，殺得楚軍慘敗，楚國因此被秦國滅亡。

「以逸待勞」並非消極的等待時機，而是積極培養實力，等待敵人感到疲倦，再給予致命一擊。

2 聲東擊西，猜中心思

不難找國小五、六年級的美勞課，是一門令人又愛又怕的課。愛的是大家可以徜徉在創作的世界裡，沉浸在沒有數字、沒有文字的國度中，盡情揮灑，大筆一刷，暢快自來！

但是這種快樂，如果被不斷糾正，不停的被老師抓進她想要的境界，而自己又一直做不到的時候，就令人苦惱了。

五、六年級的美勞老師玫瑰，經常戴著一副紅框大眼鏡，跟她

的口紅相互輝映；當然，她還有其他各種色框的眼鏡，總之一定是跟衣服上的某個顏色搭配，看起來有一種華麗又協調的美感。

「我希望你的繪畫技巧能再提升。」這是玫瑰老師最常說的話。但是那些細微的調整，例如「加上一點陰影」、「讓畫面產生立體感」，總是讓這群剛剛學畫的孩子，不知道該往哪裡加，有時候還加錯位置，一不小心又挨罵了。

大家都明白這個道理，卻不知該如何下手，所以，圖畫上的「陰影」往往成為內心的「陰影」。

「下個星期，我們來畫粉彩還是畫水墨好呢？」

下課前，玫瑰老師常常會這麼問，似乎是在徵詢大家的意見。

「粉彩！」雖然鐵倫是不加思索的回答，但大家也喜歡畫粉彩，因為要準備的工具比較少。

「喔，你們喜歡畫粉彩嗎？那我們來畫水墨好了。」

這時候，大家都互看了一眼，眼神裡都有無限的疑惑，剛才鐵倫明明講的是「粉彩」啊！

「下個星期你們想畫水墨還是粉彩？」

當這個問題再次出現的時候，只聽到鐵倫又脫口而出了，這次他喊的是：

「水墨！」

「咦？你們喜歡畫水墨嗎？那我們還是來畫粉彩吧。」

怎麼會這樣啊？鐵倫抬起頭看看四周，大家只回了他一個憋笑的眼神，然後繼續低頭作畫。

鐵倫看著忙碌的大家，他知道不回答，老師會生氣；說太多，老師也會生氣。所以他沒有多說什麼，只跟大家一樣繼續埋首畫畫。不過，有些想法在他心裡醞釀了起來：「看來玫瑰老師只是隨口問一問，她心裡早就有答案了！」

「下次試試看不要回答。」鐵倫想了想，點點頭繼續畫。

「下個星期你們想做立體創作，還是畫畫？」

「……」

「……」

「沒有人回答我——」老師有點生氣了。

班長愛佳馬上接話：

「老師，都可以呀，我們畫什麼都沒關係。」

玫瑰老師不高興的眼神，從她的紅框眼鏡後面穿透出來，愛佳明顯看得出老師不開心。

「老師，我們做立體創作好嗎？」愛佳說。

「剛才我問你們了，你們不說。現在不讓你們選了，下週就上畫畫課！」

玫瑰老師的語氣雖然依舊溫和，但大家都察覺到她的不滿。

鐵倫轉頭看了看同學，每個人都在低頭作畫，不敢多說一句。

鐵倫又回頭看向阿輝，阿輝也偷偷回應他。阿輝對鐵倫做了一個張牙舞爪的姿勢，鐵倫一看就懂，他在講玫瑰老師。

鐵倫心裡的那個計策，已經生根，悄悄在心裡冒芽了。只等著下一堂美勞課，玫瑰老師再度提出相同的問題……

下個星期，你們想做立體創作，還是畫畫？
畫畫！
嗯……那我們來做立體創作吧！
沒錯，選自己不喜歡的就對了！
哼！我最討厭畫畫了，每次都沒好評！
好嚇人喔！怎麼這麼髒呢？整個畫面像一團垃圾！
你這六年來都沒有學到半點美學……
下週
這週的立體創作做得差不多了，
我們下週來畫水墨怎麼樣啊？
我最討厭畫水墨了，看我的「聲東擊西」戰略！
YA!
好──來畫水墨吧！
SAFE
啊？我們還是做立體創作吧，還有一包材料包沒用到呢！

陳聿倫便利貼

其實，玫瑰老師要的只是每次發問都有人回答，這樣她就不會生氣了。記住一個重點：選那個不想要的選項，就能猜中老師的心意！只不過我一不小心用太多計，反倒被扣分了，下次應該讓給阿輝。

戰勝指數 ★★★★★

奇計積分 陳聿倫96分

聲東擊西

「聲東擊西」是指製造假象，誤導敵人產生錯覺，做出不同的判斷，以便達到目的。

孟嘗君是戰國時期齊國的宰相，但齊湣王聽信謠言，害怕孟嘗君位高權重，對自己不利。於是齊王找了藉口收回孟嘗君的相印，讓孟嘗君回到他的封邑薛地去，不再重用他。

孟嘗君的門客馮諼，便到魏國去告訴魏惠王：「齊王放逐了他的大臣，誰先一步迎他入自己的國家，誰就能更加興盛。」

於是魏惠王三度派人帶著馬車百輛、黃金千兩，要迎接孟嘗君到魏國當宰相，但孟嘗君都沒有答應。

齊王聽說魏王送上這麼重的大禮，他怕孟嘗君到別的國家，對自己國家不利。於是派人帶著黃金千斤等厚禮，還有齊王的親筆書信，請孟嘗君回來治理國家。

馮諼運用「聲東擊西」之計，讓孟嘗君恢復原來的相位。

3 無中生有，錯怪大家

這天，阿輝在最後一節課的時候，發現他的水壺不見了！

雖然阿輝總是丟三落四，但是對於他想得起來的東西，絕對不會馬虎。他覺得一定是有人惡作劇，偷藏了他的水壺。

藍步島老師請大家在座位附近找找看，甚至連垃圾桶、回收箱、置物櫃等等地方，都沒有放過，可惜依然沒有水壺的蹤影。

每個人都用心的幫忙找，看起來都很積極的想要找出水壺，實在看不出誰會做這種事。

然而，水壺就是不見了，林明輝覺得水壺沒有長腳，不會憑空消失，一定是有人偷藏了。

「你最後一次喝水，是在什麼時候？」

班長愛佳問阿輝，想要引導他回想起來，也許他放在哪裡自己忘記了。

「體育課的時候，我有帶水壺出去，而且有拿回來啊！」

體育課是上一節的事，會不會是阿輝順手放在球場旁邊，忘了拿回來？

「你要不要去躲避球場找找看？或許掉在附近。」愛佳這麼說，立刻被阿輝駁回。

「我確定我有拿回來，因為在半路上，我還用水壺背帶甩了一下鐵倫。」

「說不定你拿的是鐵倫的水壺，自己的忘了拿回來。」

阿輝只好去球場轉一圈，但是球場上可能放水壺的地方都被他反覆找了幾回，卻什麼也沒有。

「絕對是有人惡作劇，我非把這個人找出來不可！」

阿輝在酷熱的太陽底下，從教學大樓六樓到躲避球場來回走了一趟，心情不怎麼好。

「你要不要去學務處的『失物箱』找找看？也許是被別人撿到那裡去了。」

亮亮提醒阿輝，卻被阿輝一口回絕。

「我真的有把水壺提回來，我還在司令臺那裡喝了一大口水！」阿輝不肯去，亮亮和若欣也試著去替他找找看。大家都不相信，班上有人會開這種玩笑。

兩個人來到科任大樓的一樓辦公區，走進學務處，找到「失物箱」，阿輝的水壺就躺在一堆失物裡，上面還貼著他的姓名貼。

亮亮和若欣飛奔著回到教室。

「找到了啦，找到了啦！」

「沒有人藏你的水壺，你的水壺就在失物箱裡啦。」

林明輝聽了半信半疑，但他立刻接口：「那是誰把我的水壺藏到失物箱的？」

若欣聽了很生氣，班上就這幾個人，每個同學的個性大家都知道，沒有人會這麼無聊。

「這裡是六樓耶，誰會開這種玩笑，故意把你的水壺藏到隔壁棟一樓的失物箱去？」

藍步島老師也看不下去了，他要阿輝自己去領水壺的時候，順便問看看是誰幫他把水壺送到失物箱的。

林明輝只好緩慢的移動有如千斤重的腳步，一步一步往樓下走去。當他再度爬回六樓的時候，每個人都看見了他手上的綠色水壺，而且，阿輝的臉色不再那麼難看，反而還有點不好意思。

大家都想知道，阿輝的水壺到底是被誰拿走了？

所以是誰撿去的？
……
你不說我們要去看登記簿嘍？
好啦好啦，我說啦！是護理師阿姨……
你放在健康中心？
呃對……就陪鐵倫去擦藥時忘記拿了……
再凶啊，剛剛不是還在懷疑我們？
現在你知道我們沒那麼無聊了吧！
對啊，有時候要聽聽別人的建議。
我們都無故遭殃，只有你賺到啊！你的水壺不見，我們去幫你找，你卻在這邊坐享其成，
這不就是「無中生有」嗎？
對喔！哈哈哈！謝謝大家！
無中生有

林明輝便利貼

雖然我的本意不是這樣，但是面對這麼一大群偵探一般的對手，這一計的確賺得辛苦。我的「無中生有」，雖然錯怪了班上同學，但大家還是積極的幫我解決了問題。我只能發自內心的說：有你們真好！

戰勝指數 ★★★☆☆

奇計積分 林明輝95分

無中生有

「無中生有」是指從「無」當中捏造出「有」，意指將本來沒有的事，憑空捏造出來。用在計策上是指，先用虛假的行動或是承諾，迷惑敵人，再看準時機採取真實行動，擊潰敵軍。

戰國晚期，強大的秦國一直想要稱霸天下，但是土地面積廣大的楚國、地理條件最佳的齊國，都是強勁的對手，而且齊、楚兩國結盟交好，秦國更是拿他們沒辦法。

當時秦國的宰相張儀多謀善斷，他向秦惠王提出自己的計謀，於是秦惠王派張儀出使楚國。

張儀帶著豐厚的贈禮來到楚國，並告訴楚懷王，只要楚國與齊國斷交，秦國願將商於之地六百里送給楚國。楚懷王只看見強大的利益，沒有想到斷交之後的問題，立刻派將領逢侯丑和張儀一起到秦國簽約。

就在兩人即將抵達秦國都城咸陽的時候，張儀假裝酒醉，從車上摔了下來，然後便回家養傷。

逢侯丑只好上書秦王，秦王答覆說，這個協定秦國一定會遵守，但是楚國還沒有跟齊國斷交，秦國怎麼能簽約割地呢？

楚懷王立刻派人到齊國，毀棄當初的盟約。然而，當張儀再遇到逢侯丑時，說法早已不同了，只承認當初說的是「自己的奉邑六里之地」，堅持不認原本議定的「商於之地六百里」。

張儀出爾反爾，楚懷王大怒，出兵攻打秦國，才發現秦齊兩國已締結盟約，楚懷王中了張儀「無中生有」之計，楚軍大敗，只能割地賠償了。

4 順手牽羊，難逃法眼

不難找國小最熱門的課後社團——「曉宣老師的作文課」，開始招生了。

曉宣老師的作文課，雖然是家長的最愛，卻也是學生們的無奈。沒有人喜歡放學之後還要留下來，寫完一篇長長的作文再離開。那種心情就像是好不容易能好好享受冰淇淋時，卻突然被人撞了一下，冰淇淋掉到地上，既不能撿起來，又不能要求再來一客。

放學之後的時間就是這麼珍貴，沒有人想拿它來寫作文。然而，曉宣老師是家長的最愛，因為她教出許多小作家，她的作文課深入淺出，讓孩子充分領悟作文是怎麼一回事，下筆寫出好文章。所以若想報名的手腳就要快，不能拖拖拉拉。藍步島老師說，由於名額有限，報名表隔天就要交齊，免得影響自己的權益。

「老師，如果明天沒有交呢？」阿輝第一個發問，因為他根本不想上作文課，但是他媽媽一直要他去上。

「明天沒有交，後天交就會報不上……」

聽到這裡，阿輝安心多了，他打的如意算盤就是讓這件事自然

而然的「錯過」。不囉嗦，直接把報名表放進抽屜，不帶回家，省得媽媽要他參加。

阿輝上過曉宣老師的作文課，老師的課程雖然很有趣，但是要動筆寫，還要寫完才能回家，這可不是有趣的事啊！所以他能躲就躲、能逃就逃，千萬別讓媽媽知道。

只不過，藍步島老師的話還沒說完，報名表收得太早了。

「……所以，明天沒有交報名表的，老師會打電話詢問各位家長的意願。」

林明輝只好又把報名表拿出來，把它夾進聯絡簿裡。這下可傷腦筋了，媽媽怎麼可能會選擇不參加呢？

「計策！」

沒有錯，奇計班講的是計策！阿輝這次一定要想個辦法逃脫，寧可留在他不喜歡的青松加強班寫作業，也絕對不能留下來寫作文。因為寫了作文，加強班的作業還是要寫呀，而且一張考卷都不會少。既然這樣，何必再多寫一篇作文？

「計策在哪裡呢？」

阿輝回想藍步島老師最近講過的計策裡，令他印象最深刻的，大概就是「順手牽羊」了。

放學之前，阿輝拿出《三十六計》，仔細研究一下這個計策。沒錯，要趁媽媽沒有留意的時候，順勢讓她在報名表上簽下名字。那就來個「順手牽羊」吧！

當天晚上，阿輝從青松加強班回到家之後，就靜靜的等待機會。他要趁媽媽最忙碌的時候，拿出聯絡簿和報名表請媽媽簽名，這樣她就會簽得順手，忘了問是在簽什麼。

果然，媽媽開始用手機跟朋友聊天了，機不可失、時不再來，用計就是要懂得掌握先機！

阿輝假裝正好經過，他先把聯絡簿放在桌上，再把筆塞進媽媽手裡，讓正在講電話的媽媽，順手拿起筆來在聯絡簿上簽了名。

接著，阿輝再送上那張作文班報名表，他事先把報名表對折了，只讓媽媽看到下半部的簽名欄，不讓她看見上面的課程介紹。果然，聊得正起勁的阿輝媽媽，毫不猶豫的在報名表上簽了名，轉頭繼續跟朋友熱線暢聊。

「能逃過一劫，真是幸運啊！」阿輝心想。他不敢驚動媽媽，悄悄的收了東西，往自己房間走去。阿輝是這麼的小心翼翼，深怕多呼吸一下，就會打擾媽媽講電話的情緒。只不過，這個順手牽羊計畫真的會這麼順利嗎？

曉宣老師的
作文課
參加□　不參加□
家長簽名：娟
呼……真是比盜壘還要刺激！
阿輝，你今天為什麼這麼早就刷牙睡覺？
完了該不會——
我很累，想早一點睡。晚安！
喔，晚安。
嘿嘿嘿！太好了，不但不必上半年的作文班，還成功用了一計，真是一舉兩得，明天要記得去交便利貼。
隔天早上
快遲到了，早餐你帶去學校吃……
欸等等，你昨天給我簽的那張單子是什麼？
啊？這……
哼！還好我有問，差點就被你這小子蒙混過了！
喔不！這學期的作文課躲不過了！
曉宣老師的
作文課
參加☑

林明輝便利貼

可惡！只差一點點，就像球在籃框上轉了幾圈，最後還是掉出來了。本來以為已經順手牽到羊，結局還是難逃媽媽的法眼，真是一位神對手！

戰勝指數 ☆☆☆☆☆

奇計積分 林明輝96分

順手牽羊

「順手牽羊」是在「順便」的情況下，帶走他人的財物。在計策運用上，就是抓緊好時機，順手取得勝利。

東晉晚期（約西元三七六年），前秦統一了北方，前秦王苻堅便積極往南方擴張，打算一舉消滅東晉。西元三八三年，苻堅率領九十萬大軍南下，而東晉卻只有八萬名士兵，這一場兵力懸殊之戰，前秦勝券在握。

雙方對峙於淝水兩岸時，晉軍派人告訴前秦，請他們後退一箭之地，留一點空間，讓晉軍渡過淝水，大家來場決戰，不要再隔岸僵持。

能夠一決高下，前秦將領欣然同意，可是九十萬大軍要一齊後退一箭之地，是一件困難的事；前秦士兵一退，登時人馬衝撞、陣腳大亂，弄得怨聲四起。

後退途中，即使前方將領早已下令停止後退，但眾多兵馬難以說停就停，在不斷的撤退之中，整批軍隊已經難以掌控。

這時東晉將領謝石趁機指揮人馬迅速渡河，率兵進擊，「順手牽羊」將不戰而潰的前秦軍隊擊敗。

5 趁火打劫敲竹槓

在熱得令人受不了的季節，不難找國小的熱浪的確不難找，就算躲在教室裡吹冷氣，也總有必須踏出教室的一刻，那一刻更是酷熱難耐。

因此，汗流浹背的夏天裡，能來一杯冰冰涼涼的飲料，是多麼吸引人哪！特別是那些熱愛打球的男生，如果打完球能大口大口的灌下冰水，大概就是最大的享受了。

林明輝曾經事先在家把開水放進冷凍庫裡，結成冰後帶到學校。幾次之後，他發現這實在是件蠢事，不到第二節課，冰就全化成了水不說，整個提袋還被弄得溼答答，滴了一地的水才尷尬。

冰涼的飲料就在學校附近不遠處。站在六樓往校門外車水馬龍的大馬路望去，就有好幾家飲料店的招牌，像在比賽誰最誇張、誰最消暑一樣，用最吸睛的方式向人招手。

可惜近在咫尺卻無法觸及，只能憑空想像。如果在每天最熱的時候，有人能送來一杯冰涼的飲料，上面漂浮著一層叮噹作響的透明冰塊，不知道該有多好。

「飲料、飲料、飲料！」每當從球場走回教室，阿輝的腦子裡，就只盤旋著這兩個字。

在這樣熱得無處可躲的季節裡，藍步島老師突然宣布，「公開觀課」的日子來臨了。

公開觀課，就是請家長、校長，與其他班級的老師一起進到教室，來觀看藍步島老師上課。

過去，學校每年都會舉辦一次這種活動，所以大家也不覺得有什麼不同。

「這一次的來賓可能會多一點喔！」藍步島老師提醒大家，別忘

了上課該有的規矩。

大家一聽，開始有點緊張，不知道有多少貴賓會來？就在這個時候，林明輝腦中那杯漂著冰塊的飲料，又浮上心頭。

「如果我們都很守規矩，有沒有飲料可以喝啊？」

林明輝直接問，連一句「老師」都沒有說。藍步島老師自動忽略掉這個問題，因為沒有主詞，不知道是對誰說的話。

「老師——」若欣隔空用嘴形提醒阿輝，阿輝看懂了，重新說了一次：

「老師，」這次林明輝先舉手，等待老師許可。

藍步島老師請他發言，他才大聲說：

「老師，如果我們都很守規矩，可不可以喝飲料？」

「你的意思是要老師請客嗎？」

林明輝點點頭，滿臉都是期待。

「公開觀課」是件稀鬆平常的事，就跟平時上課一樣，只是教室裡有其他人進來觀摩，實在沒有必要請飲料。

但是為了獎勵林明輝的行為有進步——他從一個有話直說、從不舉手的人，進步到會使用說話禮儀，值得肯定。所以藍步島老師決定在這個炎炎夏日，請全班一起喝一杯冰涼的奶茶。

藍步島老師還沒開口答應，楊若欣已經看出一計就在眼前，再不把握就稍縱即逝。

「老師，怎麼可以只有飲料？我們還要加上蛋糕。」

這招叫做「趁火打劫」。楊若欣已經從老師這位神對手臉上，讀出「同意」兩個字。冰涼的飲料再加上一塊小蛋糕，這個提議立刻獲得全班熱烈的掌聲。

「好，就看你們當天的表現了！別忘了，上課發言之前先舉手，被老師叫到的人，只要盡你的能力回答問題就好。」

飲料還沒到眼前，空氣已瞬間變得清涼無比！

然而，對林明輝而言，這杯飲料可不好賺啊！

公開觀課的日子很快就到，果然就像藍步島老師說的一樣，有不少來賓走進教室。

從來沒有見過這麼大陣仗的阿輝，終於感受到了「緊張刺激」的滋味。從幫忙搬椅子進教室開始，大家就隱隱覺得不妙，怎麼需要這麼多張椅子啊？

「老師，這樣會不會太誇張了？」

「不知道這樣夠不夠？」藍步島老師從左數到右、再從右數到左，又把新搬進教室的摺疊椅排好再數一遍，還不停的喃喃自語。

「看來是一群貴賓啊！」阿輝也察覺到老師的不尋常。

上課燈亮起之前，貴賓們陸續進來了，他們都是要來看藍步島老師用三十六計上數學課的。這節要教公因數與公倍數的單元，因為事先已經在國語課講過「草船借箭」的故事，所以這堂課，老師便要透過這個故事來上數學。

奇計班的同學們，能不能在這堂令人緊張的「公開觀課」中好好表現，順利得到老師請的飲料和蛋糕呢？

公因數
公倍數
今天我們要用前兩天教過的草船借箭，
來講解公因數與公倍數。
阿輝，說說看60～70之間有幾個質數？
呃、嗯……61、67、還有……
這堂課到底什麼時候結束？
噹—噹—
都結束了？
你們也太緊張了吧！等一下就有飲料和蛋糕了。
果然是用計換來的蛋糕和飲料最棒了！
楊若欣你這是趁火打劫吧！
早知道公開觀課這麼可怕，我就不提什麼飲料了！

楊若欣便利貼

原以為阿輝知道他已經運用「趁火打劫」之計，賺到一杯飲料，結果他渾然不覺，這麼好的機會，當然要立刻搶過來用。不僅敲竹槓成功，賺到蛋糕又賺進一計，果然趁火打劫來的蛋糕特別好吃啊！

戰勝指數 ★★★★☆

奇計積分 楊若欣95分

趁火打劫

「趁火打劫」是指利用別人危難或混亂的時刻，去搶奪財物，是一種不道德的行為。在軍事上，則是指趁對手遇到麻煩的時候，發兵攻擊，較容易制伏對方。

西元前三一四年，戰國中期，燕王噲聽信小人愚弄，欲仿效堯舜將帝位禪讓給賢德的人，而把王位讓給相國子之。

然而，子之並不是一個賢能的人，他執政之後，國家大亂，再加上燕國原本的太子平非常不服氣，便與將軍市被密謀，打算攻伐子之。

鄰近的齊國眼看燕國內亂，齊宣王便派人轉告太子平，說自己願意為太子平效力。於是太子平與將軍市被率軍包圍王宮，攻打子之。

幾個月之後，太子平與市被雙雙陣亡，致使燕國更加動盪。

就在這個時候，齊宣王派大將匡章率領十萬大軍攻打燕國，「趁火打劫」的齊國，輕而易舉的占領了燕國都城，燕王噲與子之也雙雙被殺。

6 金蟬脫殼巧用計

不難找國小校園裡的每個角落，都設有飲水機。

起初，每一臺飲水機都是有冰水的。亮亮還清楚記得，一年級時，她喝過從飲水機裡流出來的冰水，真是如仙泉一般的好喝！

要喝到這種冰水可不容易，因為飲水機儲存的冰水有限，得趁大家都還沒有在機器前排隊的時候，第一個或至少也要第二個去接，才有機會享受。

冰水會越用越少，後面來的人越接越不冰；隨著排隊人潮越多，水溫也逐漸升高，最後只能接到常溫的水。所以想在學校喝到冰水，得靠一點運氣。

後來，排在後面的同學看到前面的人接滿一大壺，就會生氣；一生氣就開始抱怨，說話就越來越大聲，糾紛就來了。

亮亮以前更親眼看過，林明輝把別人的水壺撥開，搶著去接冰水，結果和別班的同學打了起來，弄得學務主任都來了。

從那次之後，學校的飲水機就再也沒有流出過冰水。從出水口流出來的，都是常溫水，這樣才不再有糾紛。

亮亮跟若欣在走廊廚房裡聊起這件事，若欣也還記得，那個時候她正巧在旁邊，親眼見證了這一幕。

「沒有糾紛也少了趣味。現在要喝冰水，可就不容易了！」

可不是嗎？走廊上的廚房雖然有冰箱，但是不可以把私人的水壺放進去；教師辦公室裡的飲水機有冰水，可惜學生不能進去裝。

「你有沒有覺得，飲水機裡的冰水特別好喝，清涼又解渴？」

亮亮也有同感，她還記得一年級喝下的那杯冰水，沖進喉嚨有多麼的暢快，比冰箱裡的礦泉水還要好喝。

「既然學校的飲水機都沒有冰水可裝，可是我怎麼看到阿輝的水壺在『冒汗』呢？」

若欣昨天明明看見地上有幾滴水，那是從阿輝的水壺提袋裡滴下來的。

「我猜他和鐵倫正在運用計策，想盡辦法要喝到教師辦公室裡的冰水！」亮亮說。

「他們用什麼計策？」若欣好奇的問。

「我也不知道，只知道他們兩個在拚計策，要成為全班最『足智多謀』的人。」

「他們怎麼突然變得這麼用心了？」

「我也不知道。」亮亮說。

「我們來猜猜看，他們用了什麼花招。」

「嗯，這個遊戲不錯喔！」

兩人又約了班長愛佳一起，三個女生暗中觀察，看看鐵倫和阿輝到底在玩哪一招。

她們發現鐵倫和阿輝常常搶著去幫藍步島老師裝水。

「老師，天氣太熱了，要多喝水才好！」

阿輝還會催促老師趕緊把杯子裡的水喝完，他們要再去幫老師到辦公室裝新的水。每次把水杯交還給藍步島老師時，兩人還會鼓勵他「多喝水」。

亮亮她們三人悄悄趴在辦公室的玻璃窗外，只見鐵倫和阿輝在裡頭裝水，兩人乖乖低著頭，不敢多講一句話，他們知道要低調，不然辦公室裡的其他老師就會禁止他們進入。

看板上還沒撕下的三十六計貼紙不多了，仔細推敲一下，就能猜到他們玩的是「金蟬脫殼」，就是以「幫老師裝水」當掩護，成功替自己也裝回一大壺冰水。

教師辦公室
我就知道，他們肯定在玩金蟬脫殼！
我們也來學他們，這樣就能順便裝到冰水。
下節下課
老師，我們去幫你裝開水！
身處爾虞我詐的環境之中，做每件事都要仔細想想。你們現在用的是哪一招啊？
你們也想學鐵倫他們用金蟬脫殼這一招是吧？記住，在辦公室裡別吵鬧，免得被其他老師趕出來。
老師杯子裡的水，怎麼還這麼滿啊？
不知道。哎不管了，這個計策交給你吧，我再用就要被扣分了。
我們決定把機會讓給班長，到目前為止，你用的計策最少，得分最低。
承讓啦！想不到你們也有這麼像暖男的時候！
金蟬脫殼

林愛佳便利貼

這一計真是天上掉下來的禮物，謝謝鐵倫和阿輝的出讓，這兩個人跟以前不一樣了，好像長大了。是長大就要畢業了？還是畢業就代表長大？話說回來，學校的飲水機如果一直都有冰水可喝，我就不必用金蟬脫殼這招去辦公室取水了。

戰勝指數 ★☆☆☆☆

奇計積分 林愛佳85分

金蟬脫殼

「金蟬脫殼」在軍事上，是指利用原來的陣勢或狀態當作偽裝，以蒙蔽敵人，藉此達到脫身的目的。

戰國時期，秦王打算用十五座城池，跟趙國交換珍貴的和氏璧。

趙王內心很矛盾，他擔心不答應，強大的秦國會來侵略趙國；又擔心答應之後，秦國拿到和氏璧，卻不肯守信交出城池。這是一件相當令人困擾的事，趙王派藺相如去處理。

藺相如來到秦國，他向秦王獻上和氏璧之後，秦王捧在手心上不停讚嘆，卻絕口不提交換城池的事。

藺相如看出秦王毫無誠意，便上前一步，告訴秦王說這塊寶玉再怎麼美，上面還是有點小瑕疵。秦王看不出來，藺相如便準備上前指給他看。

秦王把寶玉交給藺相如，藺相如手持寶玉，一連後退好幾步，並要求秦王與趙王一樣齋戒五日，五日之後才願意把和氏璧交給秦王。

藺相如暗中派人將和氏璧送回趙國，自己依舊留在秦國。五日之後，藺相如請求秦王先割讓十五座城池給趙國，趙國便會立刻將和氏璧送來。

秦王聽完只能苦笑，藺相如運用「金蟬脫殼」之計，保全了和氏璧；另一方面，趙王則認為藺相如不辱使命，封他為上大夫。

7 關門捉到糊塗賊

繼林明輝的水壺不見之後，換康宥成的數學課本不見了！

這一次，康宥成非常確定的是，前一堂數學課的時候，他的課本還在，但是到了這堂數學課，課本就不見了。

康宥成把抽屜和書包都翻遍了，就是沒有看到數學課本。這件事有點蹊蹺，連藍步島老師都覺得其中必有問題。

怎麼會一轉眼，數學課本就不見了？難道也被誰撿去學務處的

「失物箱」裡了？

「老師，我上一節課還有拿出課本啊！」

藍步島老師的確有印象，康宥成有翻開課本。

「現在，你想用什麼計策呢？」

之前，若欣和亮亮都用計幫過康宥成，找回遺失的安親班費；這次，藍步島老師希望康宥成自己想辦法，看看能不能找回他的數學課本。

康宥成看著看板上的貼紙，貼紙數量只剩六張，他把每一張都仔細的看了一次，然後在心裡認真思考。很快，他就有了答案。

「老師，我要用『關門捉賊』。」

「你打算怎麼做呢？」

「我想請同學幫忙找找看自己的書包和抽屜裡，有沒有我的數學課本。」

藍步島老師點點頭，這的確是個好辦法，就請大家幫忙找找看。

「也許有人不小心拿錯課本，收到別人的課本，或是誤拿放進抽屜裡了，請大家幫忙找一下。」

康宥成的想法是對的，每本數學課本都長得一模一樣，拿錯是難免的事，大家在抽屜裡找找看，說不定很快就能找出來。

林明輝有點吃醋，上次他掉水壺的時候，老師可沒有要他用計謀找找看。

「老師你偏心啦！」林明輝大聲的說，藍步島老師知道他在意的是什麼。

「你後來不是也賺了一計嗎？全班還為了你忙得人仰馬翻，結果是你自己忘在健康中心，還錯怪大家，忘記了嗎？」楊若欣挺身而出，她還記得她們跑上跑下，到學務處去幫他找水壺的事。

林明輝只好閉上嘴不說話。他只在抽屜裡隨便翻一翻，故意不認真的找。

但是，康宥成的課本呢？即使用了「關門捉賊」，卻依然沒有找到。

「我們也幫他四處找找看吧！」亮亮好心的說。

垃圾桶、資源回收箱、講桌下……這些步驟跟當初找水壺都一樣，每個地方都翻過了，就是沒有數學課本的影子。

怎麼會這樣呢？

「莫非宥成這孩子又犯糊塗了？讓我來想想辦法。」藍步島老師這麼想。

看著教室後方整齊排列著的書架，藍步島老師決定一步一步檢視康宥成的足跡。

不難找國小的每間教室裡，都有一個專門放雜誌的書架，裡面放著專為小朋友編寫的雜誌。雜誌裡有這個年齡的孩子該了解的常識，也有跟新聞相關的知識、文學性的故事，還有大家都很喜歡的連載漫畫等等，只要有新的雜誌上架，大家都搶著看。

藍步島老師還有印象，看到康宥成下課時坐在座位上翻閱雜誌的身影，說不定就是他自己糊里糊塗，把數學課本亂塞進書架的某個角落裡了。

上一堂數學課之後，你去上了廁所，然後呢？
我就回到座位上看雜誌了。
那本雜誌呢？
放回書架去了。
我們來幫宥成找找看，他剛才看的是哪一本雜誌。
這我們怎麼會知道？
老師，找雜誌做什麼？康宥成掉的是數學課本，又不是雜誌。
啊哈！我找到了、我找到了！
老師真是神機妙算，知道我們一定能找出來！
數學
康宥成
康宥成，你的「關門捉賊」看起來還是有效果的，「賊」正是你自己！
是啊，真是「做賊的喊捉賊」啊！
嘿嘿，真不好意思，謝謝大家！

康宥成便利貼

我知道數學課本一定就在教室裡，只是書海茫茫哪裡找得到它？用了「關門捉賊」，勞師動眾卻沒想到竟然捉到糊塗的自己，實在很尷尬。

戰勝指數 ★☆☆☆☆

奇計積分 康宥成90分

關門捉賊

「關門捉賊」是指用四面包圍的方式困住對手，等對手疲憊不堪後再將他擒服。

戰國晚期，秦國攻打趙國，趙國派出廉頗在長平率軍迎戰。然而，廉頗只在城內鞏固營壘，完全不理會秦軍的挑釁，秦軍也莫可奈何。於是秦軍陣營故意放出消息，說廉頗怯戰，秦軍只怕趙括。

趙王聽信謠言，認為廉頗年老無用，立即換下，指派年輕的趙括接替將領的職位。

趙括是名將趙奢的兒子，從小與父親談論軍事，覺得自己帶兵打仗很有辦法。趙括一上任，便率領四十萬大軍出擊，秦將白起假裝潰敗撤退，趙括緊追在後。

一直追到秦軍陣營前，秦軍堅守陣地不出戰，趙括只好退兵。這時消息傳來，趙括自己的陣營已被包圍，糧道也被截斷，中了秦軍的「關門捉賊」之計。

秦軍包圍趙軍四十餘日，在內無糧草、外無救兵的情況下，趙括只能率兵突圍，最後中箭身亡，趙國的四十萬大軍也被秦軍殲滅，從此趙國一蹶不振。

8 上屋抽梯慶生會

「你知道老師的生日是什麼時候嗎？」

「喔？你想幫老師慶生？」

經過了大小比賽的互助合作，奇計班的歸屬感漸漸建立起來，每個人都認同自己是這個班的一分子。

就像同在一艘船上的六個船員，漸漸的團結在一起。大家都覺得，平常不大約束學生的藍步島老師，是最適合他們的舵手。

回家作業忘了帶，老師說沒關係，明天再交。

課本忘了帶，可以到老師的書架上借一本來用，老師說下次別忘了。

三十六計有不懂的地方，隨時都可以跟老師討論——藍步島老師就像便利商店裡的店員，隨時等著客人上門。

「不囉唆」、「隨時候教」是好老師的條件，藍步島老師都做到了。「笑口常開」、「經常讚美」，藍步島老師也都具備了，奇計班的孩子，就這樣被他收服。

也因為藍步島老師早就把該做的事、該守的規矩，先跟大家討論好，再條列出來，讓人一目了然，不會讓人一不小心就誤踩地雷。

就連狀況百出的林明輝，也因為體會到「被尊重」的快樂，漸漸學會當一個「懂得尊重」的人，現在學務處的廣播也越來越少點名他了呢！

自從有人開始打聽：

「老師，您什麼時候生日啊？」

藍步島老師就想在班規上加一條：「不可以幫老師慶生。」

亮亮第一個提出抗議：

「這條班規我們不同意！」

不同意，但是可以討論。

「你們現在花的都是父母的錢，我不希望為了我，而讓你們的父母破費。」

「我們會盡量節省。」

「慶生不一定要花錢！」

「我們想用這個方式，表達對老師的感謝。」

「每天都可以表達感謝。」

藍步島老師想了想又說：

「那麼，不要問老師生日在什麼時候，如果你們查得出來，就有機會幫老師慶生。」

「好，沒有問題！」

於是，大家發揮起偵探精神，有人上網去查；有人到辦公室去問；楊若欣透過記憶，想起老師曾經分析過金牛座的個性，也許老師就是金牛座的。

其實，愛佳班長早就在無意中得知老師的生日了。因為在上學期戶外教學前，老師曾經請她把全班的保險名冊送到辦公室。在送資料給承辦老師的途中，愛佳看了一眼，發現上面有藍步島老師的名字和生日：四月二十一日。

於是，愛佳偷偷把這個日期記下來，既然大家都想幫老師慶生，到了四月一日那天，她便把這個訊息透露出來。

「班長，這是不是『愚人節玩笑』啊？」

「你可以過了愚人節再問一次。」愛佳回答。

「我們要怎麼為老師慶生呢？」若欣問。

「我們用最節省又最機密的方式，來一計『上屋抽梯』，這樣他就沒話說了。」愛佳提議。

之前跟愛佳聯合用計，卻獨占了分數的若欣，一直想找機會幫助愛佳得分。於是，她開始積極的幫愛佳計劃老師的慶生會。

討論出結論之後，全班決定依照愛佳班長的指示，祕密進行慶生會布置。

四月二十一日一大清早，奇計班學生按照班長的計畫，特別提早到學校。喜歡塗鴉的楊若欣在黑板上盡情揮灑，她畫出藍步島老師的卡通畫像，並在旁邊畫出六顆小蘿蔔頭，一顆蘿蔔化身為一個同學，有的靠在老師身上，有的趴在老師頭上。

最後在黑板上方，用粗粗的粉筆寫出「生日快樂」四個大字，每個人都在上面簽了名字。

亮亮的工作是把紙做的彩帶掛在窗戶上，每條彩帶上，繫著一張卡片，卡片裡都是對老師真誠的祝福。

鐵倫和阿輝負責將紙片剪成小紙花。愛佳利用週末，事先和媽媽一起準備了一個小小的手工生日蛋糕。此外，還有一杯誠意滿滿又熱騰騰的咖啡，那是康宥成特地提著工具到教室，現場沖泡的，讓教室裡瞬間瀰漫濃濃的咖啡香。

一切準備就緒，只等不知情的藍步島老師走進教室，他就再也無法拒絕了！

4月 1
就以不花錢為原則，表達我們的心意。
但應該要祕密進行，不能被老師發現。
對，暗中進行。我們來個「上屋抽梯」如何？
老師進到教室裡，看到一切布置妥當，他就沒辦法再說不要了。
就這麼辦！
動作快，趁老師還沒來趕快布置好。
4月 21
大家小聲一點，別提前被發現了。
怪了，今天怎麼一點聲音都沒有？
該不會……
藍步島老師，祝你生日快樂！
生日快樂！
啊哈！玩起三十六計了是吧！
這都是班長想的，老師猜猜看是哪一計？
是上屋抽梯，對吧？不過，你們是怎麼知道我的生日？
老師這麼厲害，一定猜得到，嘻嘻！
老師，為了慶祝你生日，我們還一人寫了一張卡片喔。「祝難不倒老師成為諸葛亮」？這誰寫的啊？
好吧，既然梯子都抽掉了，老師只能掉進你們的陷阱了。
同學們的祝福，老師都收到了，也會放在心裡面的，感謝你們。
到底是怎麼知道的？啊！難道是上學期戶外教學的保險資料？真是百密一疏啊！

林愛佳便利貼

老師太客氣了，始終不願意讓我們為他破費，不過，為了表達我們滿滿的感謝，只好來個「上屋抽梯慶生會」，讓老師先「上樓」來再說了。

戰勝指數 ★★★★★

奇計積分 林愛佳90分

上屋抽梯

「上屋抽梯」之計，有兩種用法。

第一種是引誘敵人進入事先設好的圈套中，迅速的把來路切斷，讓敵人無路可退，運用這種方法，形成對手極大的壓力，讓他們乖乖就範。

第二種是讓己方處於無路可退的境地，若要求生路，只有背水一戰，奮鬥到底。這是一種激勵士氣的方法，因為無路可退，才能勇往直前。

西元前二〇五年，劉邦派大將韓信率領三萬士兵攻打趙國。趙王親自率領二十萬大軍，在井陘口迎戰。

面對強敵，韓信先率兩千精兵，每人帶著一面紅旗，繞到趙軍大營後方埋伏。再命張耳率領一萬士兵，穿過井陘口，在綿蔓河沿岸擺開陣勢。

接著，韓信帶領八千士兵出擊，趙國主帥陳餘率領軍隊出營，雙方交戰多時，韓信詐敗而逃，而且故意在途中遺留大量武器與物資。

趙兵追擊，但沿路為了搶奪對方遺留下來的物資，弄得一片混亂。

韓信帶著敗退的軍隊，來到綿蔓河邊，面對滔滔河水，韓信掉轉頭來，對士兵說：「我們已經沒有退路，只有背水一戰，才能死裡逃生。」

士兵知道無路可退，非要跟趙軍拚個你死我活。

憑仗著人數優勢的趙軍，回頭發現自己的陣營已被插滿代表漢軍的紅旗時，立刻軍心大亂，鬥志全消。

韓信與伏兵前後夾擊，趙軍兵敗如山倒，二十萬大軍全軍覆沒。

9 樹上開花謝師宴

日子一天接著一天，在不知不覺之中奔流而去，駐足一看才發現，奇計班跟隨藍步島老師學習的時光，已經過了四分之三。

當畢業旅行成為討論話題，當拍攝畢業照的日期將近，當一切計較都可以放下時，都意味著「畢業」近在眼前。

隨著漸漸逼近的畢業氛圍，奇計班的六個孩子一致決定，利用一天的中午，各自準備一道親手做的料理，來一場別開生面的謝師

午安，感謝老師們一年來的教導。

想要大展身手的楊若欣早已磨刀霍霍，她參加過烹飪比賽，對美食特別有興趣，提出要「親手做」的就是她。

楊若欣早已計劃好，要當場來一道蚵仔煎，這是她最近跟阿嬤學來的手藝，一定要放進滿滿的蚵仔，這樣才有誠意。

鐵倫跟著若欣一起參賽征戰過，對料理有一點概念，「自己完成一道菜」是他嚮往很久的事。只是這樣的壓力似乎不小，第一次獨當一面，就要煮給這麼多人吃，讓他捏了一把冷汗。鐵倫想到的料理是大鍋菜，就是把想得到的食材都放進鍋子裡，煮熟就對了，他決定事先在家裡好好練習一下。

阿輝不會做料理，但他也想要感謝老師。於是，他決定跟鐵倫學煮一鍋關東煮，來表達對老師的謝意。

亮亮和愛佳都能自己完成一道料理，而且都把自己的菜單當成祕密，不肯說出來。

只剩下康宥成不知道該做什麼，他走來走去想了很久，始終想不出答案。

校園裡的每個地方他都很熟悉，在這裡一轉眼就是一年，只是這次滿一年後就不再是「換教室」，而是要「換學校」，想起來有點傷感。真希望教學大樓還有七樓、八樓、九樓，升上國中只要再往上爬一層就到了。

不知不覺，康宥成又走到貼著「三十六計」的看板前，上面的貼紙只剩四張，也許有一個可以幫助他的計策吧！

康宥成看著看板上的「樹上開花」，他在研究怎麼做，才能兼顧好做菜，又能達成用計的目標。

康宥成數了數自己筆記本上累積的貼紙，已經完成四計，如果每個人平均要用六計，那麼他只差兩步了！既然自己不擅長料理，何不請若欣幫忙煮兩道菜，他自己則花時間和力氣做這兩道菜的事前準備工作，還有事後的清理。

若欣當然樂意有幫手，但是採買食材的工作她不敢讓康宥成做，怕他出錯。於是，若欣打算事先教康宥成做一道菜。

奇計班謝師午宴的日期就選在六年級下學期的第二次評量之後，大家都把自己的菜色想好了，也做足了筆記，該買什麼、該帶什麼、該怎麼做，都寫在筆記本上。

藍步島老師看著孩子們這麼下功夫，除了欣慰之外，竟然還有一種淡淡的離愁湧上心頭。這是畢業序曲中的第一樂章吧，即將踏出校園，每個孩子都跟一年前不一樣了。

到了午宴當天，奇計班六個人一早就將食材拿出來，準備大展身手。一時間，整個走廊廚房裡充滿了洗洗切切的聲音。

「我們越來越有默契了！」愛佳有感而發的說。

「怎麼說？」亮亮手腳最快，她準備的雞腿已經在大燉鍋裡滷起來了，所以她還能游刃有餘的幫若欣挑菜，若欣已經忙得沒空講話。

愛佳邊煮粉圓邊回應：「就是我們雖然沒有商量過，但是端出來的菜色竟然搭配得剛剛好，有前菜、有主菜，還有沙拉和甜點，看起來就很協調！」

原來，愛佳準備的料理是粉圓綠豆湯。粉圓不好煮，一定要顧好火候，綠豆還要煮得軟爛而又帶殼才算厲害，這也是愛佳跟媽媽學來的。

楊若欣除了要照顧康宥成，還要調蚵仔煎的沾料，最後再煎一盤大大的蚵仔煎，真是手忙腳亂啊！

康宥成則在流理臺旁幫忙洗菜、切水果，若欣教他做的是水果沙拉拼盤。不會料理的康宥成，使用「樹上開花」之計，按照若欣指導的步驟，一項一項慢慢來：先把蔬菜清洗乾淨，再用冷開水沖一次；芒果處理好，再切西瓜，然後把葡萄洗乾淨。

看來，自己下廚做料理，也沒有想像中的難嘛！

時間過得飛快，大家的手腳也俐落，不到十二點，六道料理全部完成。每個人都去邀請一位師長來一起用餐，玫瑰老師用藝術家的眼光掃視這一餐，她覺得用料很新鮮，但菜色平平；大匡老師用運動員的眼光凝視這一桌，他擔心不夠吃。社會老師、音樂老師都對他們的手藝讚嘆不已，迫不及待的品嚐起來。

看著一道一道端上桌的料理，奇計班的每個人都有點感傷，但是不要緊，推開感傷，先快樂的享用這一餐吧！

沒想到下廚並不難，過去是我誤解了這個工作。
你做的是最簡單的好嗎？嚴格說起來，還沒踏進烹飪的大門。你還要洗葡萄啊！
康宥成該不會是打算用「樹上開花」吧？
終於完成了，老師們請進來享用吧！
水果沙拉拼盤
蚵仔煎
粉圓綠豆湯
大鍋菜湯
滷雞腿
關東煮
謝謝各位同學精心準備的豐盛午餐，每一道都料好實在又美味。
感謝老師們從小教到大，也感謝同學們的陪伴。
我們沒有做錯事，不要哭！希望我們國中再同班！
這頓午餐讓我學到一道菜，還賺了一計，真划算！

康宥成便利貼

這一頓午餐賺最多的大概就是我，我比大家多賺一個計謀，「樹上開花」讓不會做菜的我，在與真正的廚藝高手合作之下，看起來也像一位厲害的大廚。

戰勝指數 ★★★★☆

奇計積分 康宥成95分

樹上開花

原本不會開花的樹，可以經過妝點，裝上假花，令人難辨真假，成為一棵會開花的樹。比喻投資成本，以賺取利潤。用在謀略上，是指自己實力不足時，借用外力，虛張聲勢以壯大自己。

西漢末年，執政大權落在王莽手中。王莽之所以能執掌大權，主要原因是漢元帝的皇后王政君扶持，王政君正是王莽的親姑姑。

被封為「安漢公」的王莽，即使地位已經非常崇高，卻仍天天想著「當皇帝」，可惜他不是劉氏宗親，不能繼承皇位。於是他想盡辦法製造各種異象，讓大家相信他是真命天子。

一天，陝西有一個小官，向朝廷獻上一塊在井裡發現的白石。這塊上圓下方的石頭上，隱隱約約呈現「告安漢公莽為皇帝」的字樣。

不久，臨淄ㄗ又有一個亭長，說他夢見天神對他說：「安漢公應該當皇帝。」天神還以一口新的井為信物，亭長醒來後，發現家附近真的多了一口新井。

還有人在漢高祖劉邦的神廟裡，發現天帝和赤帝降下的「符命」，兩卷符命上都寫著王莽應該當皇帝。

從此以後，就有無數個異象紛紛傳進皇宮裡。王莽就是運用這些「樹上開花」的假象，順利將自己推上皇位。

10 連環計，驚叫不斷

不難找國小六年級學生們期待已久的畢業旅行，終於啟程了。

雖然時值夏天，早晨天氣依舊有點涼，涼意之中還散發出一股清新氣息，預告著即將展開的旅程。

這是大家沒有見過的不難找國小——它靜靜休息、輕輕呼吸，慢慢的恢復元氣。太陽才剛剛露出一道金邊，沉浸在灰濛濛天色中的不難找國小，似乎還沒有睡飽，依然靜悄悄的。

畢業旅行當天，鐵倫是全校第一個到的，他睡不著，決定早一點到學校，反正都是等，在學校等著比較安心。接著是籃球班的陳定志，他也睡不著，雖然他家就住在校門口正對面，但也怕錯過集合時間，乾脆早點到學校。

這天，不難找國小的早晨，小鳥兒吹起哨音，婉轉啁啾的把即將遠征的六年級孩子們都叫來集合了。

領隊的大哥哥、大姐姐準時出現，他們穿著同樣的背心，露出同樣的微笑。

常遲到的、偶爾遲到的，今天都不遲到了，反而比預定的時間更早到。藍步島老師也跟大家一樣，背著背包出現在校園。

「耶！」奇計班的孩子一看到導師，立刻響起一陣騷動，好像看到巨星降臨一般。

藍步島老師還戴著一頂棒球帽，一身的休閒模樣，跟平常上課時的打扮很不一樣。

一起帶隊的還有大匡老師，大夥兒兵分兩路，分別搭上兩輛遊覽車，先來個逃生演練，接著準時出發。

一路上說說笑笑，領隊的小嫻姐姐更在遊覽車上把大家逗得樂不可支。

車行了好一會兒，終於來到旅程的第一站——遊樂園。鐵倫和阿輝一下車，便直奔園區內最刺激的雲霄飛車。亮亮則是開始計劃，要怎麼「誘拐」老師去玩各種恐怖設施。

「那就先來個恐怖指數最低的！」

亮亮早已設想好，出來玩的時候也要運用上計策。她跟若欣商量，先找老師去鬼屋吧！

「用什麼計策呢？」

愛佳也加入討論，康宥成則緊緊跟著三個女生，怕自己落單。

亮亮提議：

「我們先來個『金蟬脫殼』，把老師騙進鬼屋裡，半途抽身出來，再到出口去等老師！」

大家決定照辦，等到藍步島老師發現鬼屋裡只剩自己一個人的時候，才發現中計了。不過，鬼屋裡的設施不算太恐怖，藍步島老師踏出鬼屋時，看見若欣他們一群人擠在出口哈哈大笑。

「我知道，這是『金蟬脫殼』！」一出關口，老師便這麼說。

「答對了！老師好厲害。」

「你們也去走一趟，其實不怎麼恐怖啊！」藍步島老師這麼說。

三個女生決定拉著康宥成一起走一次，宥成只好硬著頭皮進去，結果他是四個人裡面叫得最大聲的。

「還說不恐怖，明明就很恐怖！」愛佳一出來就哇哇大叫。

「我們也中了老師的計！」亮亮說完，若欣也猜出來：「這是反間計。」

「好，我們再來一計！」若欣提議。

「接下來要玩哪一個遊樂設施？」愛佳小聲的問。

若欣看看廣場上，距離最近的就是海盜船。

海盜船緩緩啟動的時候，根本不算什麼，感覺比盪秋千還舒服呢！但是過沒多久，當海盜船擺盪到最高點的時候，乘客們的驚叫聲瞬間凝結，好像再叫就會掉下來似的。機器暫時停歇，然後迅速下降，又開始上下擺盪。愛佳害怕得別過頭，她不敢再看下去。

「這個海盜船看起來很恐怖，讓他們上去就好了，我們站在這裡『隔岸觀火』，幫他們加油。」愛佳小聲的提議，因為這正是她不敢玩的恐怖設施之一。出門之前媽媽還交代過她：「不敢搭的設施不要逞強去搭。」愛佳記住這句話，決定不玩。

提議一出，三個女生交換一個眼神、互相點個頭，立刻向老師和康宥成靠近。

老師，看這個海盜船，一定很好玩！
看我的隔岸觀火，嘻嘻！
還好嘛！她們三個怎麼不來玩？
咦？怎麼越來越高？
哇啊！！
會不會掉下來啊？
不會啦，他們都繫上安全帶了。
嘻嘻！這招真成功！接下來要用哪一計？
我們去玩旋轉木馬！
老師一定不想玩這種幼稚的設施，就能聲東擊西，順勢建議他們去玩雲霄飛車！
這也太幼稚了，還是去玩雲霄飛車吧！
看來這趟旅行，有人設下了「連環計」，要看老師會不會被遊樂設施打敗啊！
哇啊～
呃、嗯，我還可以。
超好玩！我還要再玩一次！
哈哈哈！我的計策成功了！

黃孟凡便利貼

「連環計」是三十六計之中最難得的；要用上一個計策就很不容易了，還要將好幾個計策接連使用，難度更高，很開心我運用上了，當然還是要感謝一起合作的好夥伴！

戰勝指數 ★★★★★

奇計積分 96分

連環計

將兩個以上的計策連續並用，稱為「連環計」。

東漢末年，統一北方的曹操，率領八十三萬大軍南下，逼近東吳之北。孫權、劉備雙方決定結盟，共同抵抗曹操。

戰前，東吳統帥周瑜用「反間計」，讓曹操誤殺兩位精通水戰的將領。

大戰當前，東吳老將黃蓋獻上「苦肉計」，讓曹操誤以為黃蓋差點被周瑜處死，死裡逃生的黃蓋被打得鮮血淋漓，打算去投靠曹營。

但曹操對黃蓋還是存有戒心，他派蔣幹過江去打探虛實。周瑜又與軍師龐統設計，讓蔣幹引薦他到曹營，龐統很快就得到曹操的信任。

龐統便趁機向曹操獻上「連環計」。因為曹營的船隻在江面上搖晃，讓船上士兵不適，不利於作戰，因此龐統建議把木造的戰船連接在一起，使船隻穩固便能克服這個缺失。曹操依計而行，將士們都很滿意。

一連串計策布置完成，諸葛亮觀察氣象，算出三天後將有東南風，東吳陣營做好準備，讓即將投靠曹操的黃蓋，率領二十艘快船直逼曹營。

船上放滿引火的物資，順著東南風，一把火在風勢助長之下延燒，曹營的船隻被鐵鍊鎖在一起，無處可逃。曹操的八十三萬人馬全被殲滅。

這場實力懸殊的赤壁之戰，在東吳將帥的連環用計之下，最後以少勝多，過後曹操再也無力南下，三國鼎立的情況，從此形成。

11 走為上策，以求自保

戶外教學，是學生們最期待的事。不必留在教室上課，可以到校外參觀旅行，誰不喜歡？

大概只有六年級的學生會對戶外教學又愛又怕，因為這同時也是他們的畢業旅行，是小學生涯的最後一次旅行，不知道該說期待，還是要說「拜託不要來」。快樂的畢業旅行之後，六年級生在學校的日子就宣告「破百」——不到一百天了。

　　校園裡的一草一木，大家都再熟悉不過了，現在即將要離開這個地方，心裡有道不盡的千言萬語。

　　這一天，不難找國小六年級的孩子們終於來到畢業旅行的第一站——遊樂園。剛剛使用了「連環計」的亮亮，走過園裡的一片欖仁樹林，突然之間有感而發。她回想起一年級時，君君老師帶著他們在校園裡打掃那片欖仁樹林，撿拾欖仁樹葉的情景。

　　「一共要撿一百片喔！」君君老師的聲音，迴盪在樹林裡。

　　這是外掃區同學每天的工作，一次撿十片，放進老師手中的垃圾袋，然後再去撿十片……每個人集滿一百片，從一數到一百，地

上的欖仁樹葉就變少了！

「我再撿一點！」亮亮總是跟愛佳一起，把剩下的樹葉撿乾淨。

「你們兩個最棒了！」老師常常這麼讚美她們。

但是隔天，地上又堆了滿滿的樹葉。紅色的、黃褐色的，鋪了一地，好美好美，亮亮經常看呆了，忘了該趕緊彎腰撿落葉。

現在來到相隔這麼遠的地方，亮亮還是能看見童年的欖仁樹，忍不住多看一眼，眼前的欖仁樹正冒出新的嫩芽。

一旁的愛佳道出亮亮的心事：

「你是不是想起了君君老師？」

「看到這樣的景象，誰不會想起小時候呢？」

「我們一起撿欖仁葉，好像還是不久前的事啊！可惜君君老師已經調到別的學校去了。」若欣也加入回憶的行列。

走著走著，亮亮又感嘆了起來：

「我們應該珍惜現在，珍惜跟老師相處的機會，這些時光很快就會成為回憶了。」

「沒錯，所以，我們現在就好好的去玩吧！」若欣拉著她們，一起跑到藍步島老師和大匡老師身邊，腳上的煞車一時踩不住，差點滑壘。當她們終於追上的時候，兩位老師已經來到「自由落體」的

區域附近，正打算試試這個驚嚇指數最高的設施。

「來吧，我們一起來試試！」藍步島老師說著，就順著人潮走進排隊區裡。

有懼高症的愛佳，說什麼也不肯去搭。她看到不遠處的鐵倫和阿輝，竟像看到救星一樣，目不斜視的直接往他們的方向走去，準備腳底抹油，直接開溜！

那不是鐵倫和阿輝嗎？你們玩吧，我去找他們。
班長這又是哪招？
走為上策！哈哈哈！
還好嗎？
我覺得自己好像欖仁葉一樣落下來，但好抒壓啊！
欖仁葉才沒有我們那麼笨重呢。不過我覺得你可以去試試看，試過之後，其他就不恐怖了！
啊～
我有懼高症，還是不要勉強了吧，萬一頭暈想吐，剩下的設施都不用玩了。
你們兩個出來玩第一天就有收穫，只剩我沒有用計謀。
愛佳剛才那招不就是「走為上策」嗎？
啊！真的耶！
現在只剩最後一計空城計了，
若欣，趁著畢旅我們把三十六計一網打盡吧！

林愛佳便利貼

與其玩了想吐，不如不要玩，我還是走為上策，免得被她們兩個人嘲笑。「畢旅」結束之後，「畢業」便緊緊相隨。既然這件事無法拒絕，畢業的日子總會降臨，那就用期待的心情，靜靜的等待吧！

戰勝指數 ★★★★★

奇計積分 林愛佳95分

走為上策

「走為上策」是在敵我雙方實力相差懸殊的時候，避開強敵，主動撤退以保全己方性命的一種計策。

春秋初期，晉國攻下依附楚國的曹國後，楚國將領成子玉決定率兵攻打晉國。

晉文公知道這是一場無法避免的戰爭，他衡量自己的形勢與兵力，這時候的楚國正日益強盛，晉國沒有把握能打勝仗。

因此，晉文公決定暫時後退，避開楚國的鋒芒，以保全自己的實力。晉文公對外的說辭是這樣的：當年他流亡到楚國，楚國國君曾經以禮相待，當時兩人有過約定，日後如果迫不得已，兩國在戰場相見，晉國必定主動退讓三舍。

一舍代表三十里，三舍為九十里。

因此，當楚國來攻打晉國時，晉文公先是率軍撤退九十里，後再派人前往秦國和齊國求助。兩軍交鋒，待楚國將領成子玉追到城濮時，晉軍早已嚴陣以待。

這一場戰役晉軍以寡擊眾，大獲全勝，讓楚國多年不敢進攻中原。晉文公的撤退，是為了尋找適當時機，讓己方做充足的準備。

「走為上策」是以退為進，即便逃走也要有東山再起的信心，而不只是消極的逃跑。

12 空城計，睡到天亮

畢業旅行的重頭戲來了，那就是在旅館過夜。第一次在沒有父母同行的情況下，跟同學一起過夜，這是以前從來沒有過的經驗。

「你會不會打呼？」

「你會不會夢遊？」

「你會不會說夢話？」

大家都覺得興奮又好奇，不知道這個晚上會發生什麼事。

「我有多準備一碗泡麵！」

泡麵消夜，這是大家在外過夜最期待的事。鐵倫沒有帶，阿輝打算把自己的那碗分一半給鐵倫，但康宥成立刻拿出他多帶的那一碗送給鐵倫。

「你留著明天自己吃啦！」雖然鐵倫也很期待泡麵消夜，但是從前阿輝常常欺負康宥成，連帶的使鐵倫對康宥成也感到很不好意思。

「沒關係啦，我明天再去買就有了。」

畢業旅行的第一個晚上，奇計班三個男生的房間裡，吃完泡麵之後就靜悄悄的，每個人都拿出手機上線玩遊戲，要趁著還沒熄燈

之前多玩一會。

而在奇計班女生的房間裡，就很熱鬧了，亮亮她們先打了一場彈跳枕頭仗，接著開始研究待會兒還要玩什麼。

「我們去嚇蘇佳佳！」

籃球班因為只有蘇佳佳一個女生，所以和奇計班的三個女生合住同一間房間。趁蘇佳佳去洗澡的時候，若欣她們三人悄悄的商量好，晚上要裝神弄鬼嚇嚇她。

若欣提議，等到夜深人靜時，她們再躲進棉被裡假扮成幽靈，嚇唬蘇佳佳。

「你們要不要趕快去洗澡？洗好我們再來玩捉迷藏。」

蘇佳佳洗好澡出來，便催促其他人快去洗澡。

時間過得飛快，等到其他三個人都洗完，距離熄燈就寢的時間就已經不遠了。

蘇佳佳和奇計班三個女生都玩瘋了，感覺好像捉迷藏只玩了一下下，就快到十點半了。

「你們看，我帶的泡麵都還沒上場呢！」蘇佳佳說。

「我也有！」愛佳也從背包裡拿出一包泡麵。

「我也有！」

「我也有！」

原來大家都帶了泡麵。既然麵都還沒有泡上，怎麼能睡覺？

於是，這趟旅行中還沒有用計的若欣，終於逮到機會出手了。

若欣對三個室友們提出她的「空城計」執行計畫：先把燈都熄掉，大家假裝睡著，等小嫻姐姐查完房，夜深人靜時，再爬起來玩。

大家一致同意若欣的提議，在十點二十五分把燈都關了，屋子裡一片黑暗，讓小嫻姐姐來查房時無話可說。

不僅要關燈，若欣還要大家躲在棉被裡保持安靜，這樣小嫻姐姐才會相信她們真的已經睡著了。

啪嚓！
噓——等查過房，我們再起來玩。
若欣，你這招叫空城計吧？
小嫻姐姐來查過房了嗎？
應該還沒有，保持安靜。
六〇六號房，快熄燈睡覺嘍！
看我用空城計嚇蘇佳佳一大跳！哇哈哈！
天亮了？哇！我的空城計真的變空城了啦！
我們居然裝睡裝到真的睡著。
哎呀，快準備集合，來不及了！
你們也太晚起了吧？我們早餐都吃飽了。
我們這叫優雅好嗎！

楊若欣便利貼

大家說好了要裝睡，擺出空城的樣子欺騙小嫻姐姐，卻沒想到我們四個人竟然都不敵睡意，早早去見周公，空城計真的變空城了。

戰勝神指數 ★★★☆☆

奇計積分 楊若欣96分

空城計

空城計是一種心理戰術，運用虛假的表象，讓對手產生懷疑，不敢驟然下決定，而錯失良機。這是一種風險很大的計策，靠的不是自己的實力，而是對於敵方的了解。

三國時代，諸葛亮在危急時，曾運用空城計讓多疑的司馬懿撤退，就是一個成功的例子。而漢高祖劉邦白登山之圍，也是因為中了匈奴設下的空城計陷阱。

西漢初年，匈奴冒頓統一之後，便率兵侵犯漢朝北方的領土。

於是，漢高祖劉邦御駕親征，期間匈奴曾派兵阻止漢軍前進，但漢軍勢如破竹，連戰皆捷。

漢軍聽說匈奴屯兵於代谷，漢高祖便派使者前往打探。匈奴知道是漢軍派來的人馬，故意派出老弱殘兵排在陣前，幾度交手，匈奴也佯裝招架不住，敗陣而逃。

冒頓還令人將糧草人馬、精兵猛將全部隱藏在城裡，讓老兵殘卒在外戍守，營造出不堪一擊的無人空城假象。看到這些假象的使者將所見回報給漢高祖，有些將領認為有詐，但漢高祖劉邦認為應該追擊。

果然，漢高祖出兵後，匈奴士兵立刻從左右夾擊而來，四十萬精兵將白登山團團圍住。劉邦在白登山被圍困七日，後來採用陳平的計策，派人疏通冒頓單于的閼ㄧㄢ氏（也就是嫡妻），才得以解圍。

尾聲　最終統計

六年的時光悠悠流逝，一個轉身，位在車水市馬龍里的不難找國小，即將成為大家的母校了！

最後一次從走廊廚房走進教室上課，接下來，就是畢業典禮了。奇計班的「三十六計」積分統計結果，奇蹟式的非常接近，一切似乎都在藍步島老師的掌控之中。

「真是太神奇了！」每個人都暗暗驚呼，老師設計的積分規則竟

林明輝

苦肉計
隔岸觀火
瞞天過海
偷梁換柱
無中生有
順手牽羊

96分

楊若欣

調虎離山
指桑罵槐
渾水摸魚
美人計
趁火打劫
空城計

96分

陳聿倫

圍魏救趙
假痴不癲
借刀殺人
暗度陳倉
釜底抽薪
假道伐虢
聲東擊西
遠交近攻

96分

黃孟凡

笑裡藏刀
拋磚引玉
擒賊擒王
反客為主
以逸待勞
連環計

96分

康宥成

打草驚蛇
欲擒故縱
借屍還魂
關門捉賊
樹上開花

95分

林愛佳

反間計
上屋抽梯
李代桃僵
金蟬脫殼
走為上策

95分

然可以讓大家的分數都差不多。

分數最高是九十六分，有四個人，分別是：阿輝、鐵倫、亮亮和若欣；宥成和愛佳也很不錯，得到九十五分。

不在乎成績高下，只在乎曾經施展——奇計班的每個人都對自己的成績很滿意。

望著老師公布的用計積分統計圖，這一年來的點點滴滴又浮現在眼前，六年級生活的一切，彷彿都圍繞著這張統計表打轉。隔岸觀火的阿輝，最後還是把自己的一票留在班上；愚人節的渾水摸魚之計，反而造成了阿輝和鐵倫之間的誤會，一直讓若欣耿耿於懷；

為了找回數學課本，關門捉賊的康宥成萬萬沒想到，課本竟被迷糊的自己夾在雜誌裡，放回書架上。

這在當下都是超尷尬的事，不過日後再想起，都帶著一絲絲的喜悅——原來自己當時竟是傻得這麼可愛！

弄清楚老師的個性，是安然上課的基本。聲東擊西的鐵倫，最是了解個中道理；謝師午宴的分工合作，是大家美好的共同回憶；不勉強自己玩激烈的遊戲器材，走為上策的愛佳，安全快樂的度過畢業旅行。

原來，三十六計也可以為自己解圍啊！

施展計策最多的大黑馬是鐵倫，他一個人用了八計，如果不是擔心被扣更多分，他還想多用幾計呢！

「恭喜各位同學都高分畢業！」藍步島老師高聲宣布，大家的歡呼聲裡，夾雜著一股淡淡的感傷。

即將畢業的亮亮，放學時候刻意經過那片她曾經打掃的欖仁樹林。已經看過六次欖仁樹掉光葉子，再冒出新芽、長出翠綠的葉片；隨著寒暑推移，葉片漸漸變成深綠色，最後染紅、落下，春去秋來，不難找國小的季節轉換，這幾棵欖仁樹最先知道。

撿落葉、數落葉的一年級早已遠去，時間為什麼過得這麼快？

有沒有計策，可以讓時光倒轉，重新回到剛剛進小學的那一天？

亮亮還清楚的記得，上學的第一天，她跟媽媽揮了揮手，自己從家裡走來，不要爸爸媽媽接送，她知道自己可以獨立上學。就這樣，來來回回走了一千多趟。熟悉的小學日常生活漸漸遠去，該面對的日子悄悄來臨了。

藍步島老師在畢業典禮前一天，下班踏出校門的時候，回頭再望了一次校門，上面歪歪斜斜的「不難找國小」五個大字，依舊像五隻蝙蝠一樣，張著翅膀向下探。

一年就這麼過去了，相處的時間雖然不長，但是能跟六位可愛的孩子在一起，看他們學習計策，看他們絞盡腦汁、想盡辦法施展計謀，雖然都是以單純、簡單、不傷害人為原則的方法，但是看得出他們的努力。

張叔依舊在打掃紅磚道，他習慣性的舉起右手，意思是：「下班回家啦，再見！」

藍步島老師也跟過去的每一天一樣，伸出手對著張叔揮一揮，這一天的課程結束，這一年的課程，也跟著結束了。期待新學期的奇謀詐計班，一樣能有對「三十六計」心生嚮往的孩子，進到藍步島的班上來。

推薦文

透過活靈活現的校園三十六計，見識看似高深的老祖先智慧

◎文——許慧貞（花蓮市明義國小教師）

還記得那所位在「找不到山」上，終年雲霧圍繞的「找不到國小」嗎？岑澎維老師領著小讀者在其中和慢慢來老師、神出鬼沒的校長、絕不找錢阿姨周旋，盡情享受好玩得不得了的校園生活。連我這個大讀者也跟著流連忘返，對那所「找不到國小」念念不忘。

終於，岑老師再度為我們創造了這所「不難找國小」（雖然還是挺

難找的）。只不過，在「不難找國小」的校園中，小朋友不再只是忙著玩，而是得用心計較的將「三十六計」運用在校園生活中，除了為自己消災解難之外，還可以為同學提供各種的神救援。當然，救援失敗的機會也是在所難免，而這才是實際生活上的真相，也是最值得孩子從中學習的部分。

閱讀這套書時，帶給我許多驚喜，除了各種計謀，如何在現代校園中的巧思運用之外；更棒的是，在每篇故事的末尾，岑老師會以深入淺出的文字，介紹這些巧計的歷史典故，讓我們對老祖先的智慧能有更進一步的認識。

比方說，我原先一直以為「三十六計」本就是指三十六條計策。在岑老師的說明下，才知原典中「檀公三十六策，走為上計」，指的是檀公計策很多，「三十六」在此是虛數，代表很多的意思。至於後來如何化虛數為實數，拼湊成今日的三十六條計策，正是在歷史長河中，集結眾人智慧所激盪出的美麗浪花。

在描寫孩子的生活點滴時，岑老師不僅幽默且相當到位。像阿輝從「亂拿別人的錢是不對的」這件事當中，得到的體悟是：「胡亂花別人的錢，是不對的，一定要小心翼翼的花，不能光明正大的花，否則被逮到，後果不堪設想。」這類小屁孩自以為是、胡亂硬拗的內心戲，完全逃不過岑老師的法眼。

故事中的藍步島老師以闖關的方式，引領孩子在校園中實際操演三十六計，輔以精采的漫畫情境，用孩子熟悉的闖關遊戲語言，活用三十六計於校園環境之中。小讀者們得以透過輕鬆歡愉的閱讀情境，見識看似高深的老祖先智慧，在現代校園的靈活運用。如同岑老師所言：「在必須使用的時機，將三十六計運用在生活之中，它看似高深，其實恰當的計策也真的是，不難找啊！」

奇想三十六計③

金蟬脫殼逆轉勝

作　　者｜岑澎維
繪　　者｜茜Cian

責任編輯｜江乃欣
封面及版型設計｜a yun
電腦排版｜中原造像股份有限公司
行銷企劃｜王予農

天下雜誌創辦人｜殷允芃
董事長兼執行長｜何琦瑜
媒體暨產品事業群
總 經 理｜游玉雪
副總經理｜林彥傑
總 編 輯｜林欣靜
行銷總監｜林育菁
主　　編｜李幼婷
版權主任｜何晨瑋、黃微真

出 版 者｜親子天下股份有限公司
地　　址｜臺北市104建國北路一段96號4樓
電　　話｜（02）2509-2800　傳真｜（02）2509-2462
網　　址｜www.parenting.com.tw
讀者服務專線｜（02）2662-0332　週一～週五：09:00~17:30
讀者服務傳真｜（02）2662-6048
客服信箱｜parenting@cw.com.tw
法律顧問｜臺英國際商務法律事務所・羅明通律師
製版印刷｜中原造像股份有限公司
總 經 銷｜大和圖書有限公司　電話：（02）8990-2588

出版日期｜2023年10月第一版第一次印行
定　　價｜330元
書　　號｜BKKCJ104P
ＩＳＢＮ｜978-626-305-556-8（平裝）

訂購服務

親子天下Shopping｜shopping.parenting.com.tw
海外・大量訂購｜parenting@cw.com.tw
書香花園｜臺北市建國北路二段6巷11號　電話（02）2506-1635
劃撥帳號｜50331356　親子天下股份有限公司

國家圖書館出版品預行編目（CIP）資料

奇想三十六計3：金蟬脫殼逆轉勝/岑澎維 作；茜Cian 繪. -- 第一版. -- 臺北市：親子天下股份有限公司, 2023.10
152面；17X21公分. --（樂讀456系列；104）
國語注音
ISBN 978-626-305-556-8（平裝）

863.596　　112012214